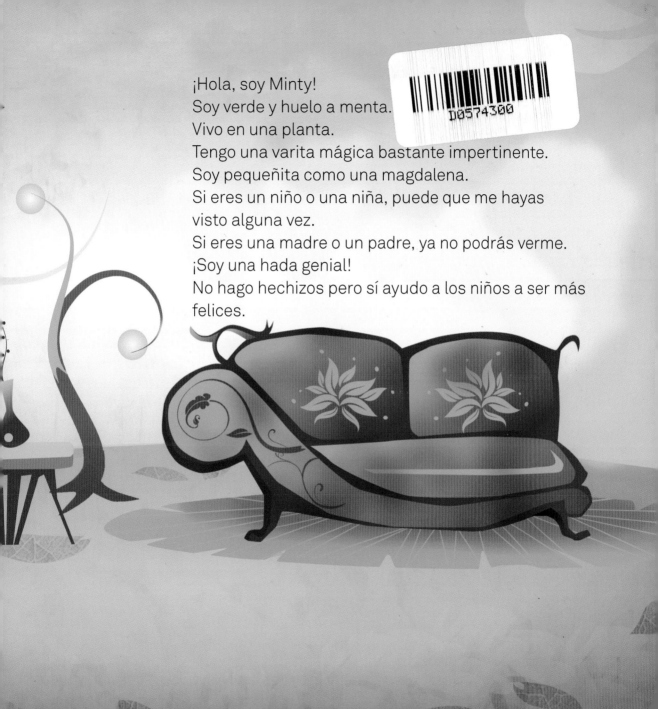

¡Hola, soy Minty!

Soy verde y huelo a menta.

Vivo en una planta.

Tengo una varita mágica bastante impertinente.

Soy pequeñita como una magdalena.

Si eres un niño o una niña, puede que me hayas visto alguna vez.

Si eres una madre o un padre, ya no podrás verme.

¡Soy una hada genial!

No hago hechizos pero sí ayudo a los niños a ser más felices.

A Jordi, Biel, Itziar, Mariona, Isolda y
Solomon. Y a mi hija Lara que creyó
en la colección

Gemma Lienas

Minty
El hada

Te lo prometo

Ilustraciones de Àfrica Fanlo

DESTINO

INERCIA
Film & TV Production Company

Noa vuelve de comprar cuando, de repente, un perrito se le acerca.

–¡Eh! ¡Hola! ¿Te has perdido, bonito? Seguro que sí.

El perro le hace carantoñas y ladra como si estuviera de acuerdo con lo que dice Noa. *Tuga* no lo tiene tan claro y, asustada, mete la cabeza dentro del caparazón.

—Sería genial que vinieras a casa, *Bonito*. Te lo pasarías pipa conmigo y mis hermanos. ¡Huy! –dice Noa, mientras observa el collar que lleva el perro–. Hay un nombre y un teléfono... ¡Bueno, no significa nada!

Noa camina hacia casa con *Tuga* y el perro. Al llegar al jardín, hace un hoyo en el suelo, mete el collar y lo entierra.

—Ya no lo necesitas porque tienes una nueva dueña, *Bonito*. ¡Yo!

Noa entra en casa, seguida del perrito y de *Tuga*.

Mei, Pol y Max, en cuanto ven al perrito, se ponen a jugar con él.

–¡Te llamaremos... *Chispita*! –dice Mei.

–¡No! –grita Pol–. ¡Lo podemos llamar *Orejón*!

–Yo tengo un nombre mejor –dice Max–: ¡*Manuel*!

Papá y mamá se han quedado de piedra al ver al perro y le dicen a Noa que quieren hablar con ella:

–Se había perdido. Estaba en medio de la calle, temblando de miedo... –Noa, no sabe cómo, cada vez se emociona más y se inventa más cosas–. Un camión casi lo atropella y yo lo he salvado. Por eso me ha seguido hasta aquí, pobrecito.

Noa siente un pellizco en la barriga. Nota que no está cómoda diciendo todo lo que ha dicho, pero decide seguir adelante.

—Te lo hemos explicado muchas veces: un perro da mucho trabajo —dice mamá.

—Pero no tiene dueño... Te lo prometo. No lo podemos dejar en la calle —protesta Noa.

—Y no lo haremos —dice papá—. Mañana lo llevaremos a la protectora de animales. Allí le buscarán una nueva casa.

—No hay más que hablar, Noa —dice mamá—. Ve a jugar.

Noa sale al jardín, seguida del perrito.

–Tranquilo, ¡no te llevarán a ninguna parte! Haré lo que haga falta para que te quedes –dice.

Entonces, Noa ve que el collar que había enterrado vuela delante de su nariz, ayudado por un rastro de estrellas y, a la vez, nota el olor a menta.

—¿¡Incluso decir una mentira como una casa!?

—Hola, Minty. Ha sido una mentirijilla de nada —dice Noa, mientras coge el collar al vuelo—. Y la he dicho sólo para que *Bonito* se quede conmigo.

—Noa, sabes cómo acaban las cosas que empezamos con mentiras, ¿verdad?

—Esta vez acabará bien, Minty. Ya lo verás.

Al día siguiente por la mañana, en la cocina, Noa está desayunando, papá hace tostadas, Mei busca un zapato y Max y Pol miran unos cromos.

–¡Papá, sólo tengo un zapato! –se queja Mei.

Mamá entra a la cocina.

–Max y Pol, dejad los cromos, que llegaremos tarde al colegio –se agacha para mirar debajo de la mesa–. ¿Y ahora dónde se ha metido el perrito? ¿Noa?

–Pues, ni idea –dice Noa con mucho morro.

–Quizá esté en el jardín –dice mamá–. Voy a buscarlo. Lo llevaré a la protectora antes de ir al trabajo.

–Ay, ay, ay, me parece que el perro no ha desaparecido él solito –murmura el hada, que está escondida detrás de un frasco.

Entonces, Noa coge disimuladamente su plato con jamón y longaniza, y sube a su habitación con Minty detrás que le dice:

–Lo ves, ¿verdad? Una mentira lleva a otra y...

Noa vuelve a sentir un pellizco en la barriga porque piensa que, quizá, Minty tiene razón, pero como no quiere oírla, la corta:

–¡Jolines, Minty! No se lo pueden llevar a otra casa...

–Claro que no, porque ya tiene una casa. Y no es precisamente ésta.

–A partir de ahora lo será, porque papá y mamá acabarán diciendo que sí. Seguro.

–¡No se trata sólo de papá y mamá, Noa!

De repente, desde abajo llega la voz de mamá:

–¡Niñooooos! ¡Nos vamos al colegio!

–¡Adiós, Minty! ¡Adiós, *Bonito*, pórtate bien!

Noa sale corriendo y no cierra del todo la puerta.

–¡Eso mismo, *Bonito*, pórtate bien! –dice el hada muy pilla.

Y al salir, abre un poco más la puerta. El perrito se da cuenta de que está abierta y sale de la habitación, bajo la mirada de Minty.

Por la tarde, Mei, Pol y Max vuelven a casa corriendo detrás de Noa, que va delante. Mamá los sigue lejos, andando despacio.

Noa entra en el salón y se queda de piedra cuando ve el desastre: el sofá está desgarrado, hay pipí por el suelo, un par de sillas tumbadas... y el perrito se está peleando con un cojín.

–¡Ay, no! –grita horrorizada.

Tuga saca la cabeza del caparazón, pero en seguida la vuelve a esconder.

En ese momento, entran Pol, Max y Mei.

–¡Uaaaaala! –grita Mei.

–¡Uf! Ahora sí que nos podemos despedir de *Orejón* –dice Pol.

–*¡Manuel!* ¡Se llama *Manuel!* –grita Max.

Aprovechando la discusión por el nombre del perro, Noa lo coge y se va corriendo a la buhardilla. Lo mete dentro mientras le dice:

–No ladres, *Bonito*. No hagas nada malo si no quieres que mamá te lleve a la protectora. ¿Entendido?

El perrito ladra y mueve la cola.

–¡Shhh! ¡No, no! Tienes que ser un buen chico. A partir de ahora vivirás aquí arriba, ¿de acuerdo?

Noa cierra la puerta con llave y se la guarda en el bolsillo, mientras Minty, que la espía, murmura:

–¡Huy, huy! Esto cada vez pinta peor.

Mientras tanto, abajo todo el mundo busca al perrito.

–¡No está, mamá!

–Es verdad, ha desaparecido.

–Este perro parece un fantasma. Tan pronto está como no está.

–Mamá –dice Noa, que llega corriendo–, yo sé dónde está. Se ha escapado. Te lo prometo. He visto que corría hacia la calle.

–Pues vamos adentro –dice mamá.

Los niños van detrás de ella,
excepto Noa y *Tuga*, que se quedan
en el jardín. La niña tiene una sonrisa
en los labios. Entonces, ve a Minty.

—No han encontrado al perrito —le dice muy satisfecha—, así que se quedará conmigo para siempre jamás.

—¡En buen lío te has metido! —murmura Minty.

—¿Qué quieres decir con eso?

—Pues que has dicho un montón de mentiras, y todavía tendrás que decir muchas más si te quieres quedar con el perrito.

Noa vuelve a sentir el pellizco en la barriga. ¡Jolines! Da un poco de dolor de barriga decir tantas mentiras, piensa.

—Quiero que sepas que las mentiras no sólo te hacen daño a ti, también a los demás.

—¿Ah, sí? —dice Noa.

—Sí —dice Minty—. Imagina, por un momento, que todo lo que ha pasado con este perrito hubiera pasado con *Tuga*.

Noa todavía no sabe adónde quiere llevarla Minty.

—Imagínate que alguien, a pesar de saber que es tuya, se la hubiera quedado y la tuviera encerrada en una buhardilla para siempre jamás. ¿Te gustaría?

Noa mira a *Tuga* y piensa que se moriría de pena sin ella.

—No me gustaría ni pizca. Pero ¿qué puedo hacer? Tiré el collar.

–¡Pan comido! –dice Minty. Y señala un papel que llega volando hasta Noa. Ella lo lee.

–¡Jolines! Es un aviso de un perro perdido.

–El barrio está lleno de carteles como éste –explica Minty–. El perro se llama *Pequeñín*, y su ama, Angelina.

–¡Oh! –dice Noa, imaginándose la pena de Angelina–. Seguro que lo echa mucho de menos, ¡tanto como yo echaría de menos a *Tuga*!

Minty dice que sí con la cabeza.

Noa sube a la buhardilla, saca al perrito y corre hacia el comedor, donde mamá y sus hermanos están leyendo cuentos.

–¡Eh! ¡Noa lo ha encontrado! –grita Mei.

–Sí… –dice ésta sin saber cómo contar la verdad–. Bueno… no. La verdad es que te tengo que contar una cosa, mamá.

Y Noa le confiesa a su madre toda la historia. Poco después, mamá llama por teléfono y, al cabo de poco rato, Angelina entra por la puerta del jardín.

El perrito corre a recibirla y se vuelve loco de alegría. Pega brincos, salta, ladra, lame… Se le ve muy feliz. A Angelina también.

–Mi querido *Pequeñín*. Creía que te había perdido para siempre.

Max, Mei y Pol lo miran todo con una sonrisa en los labios.

Un poco apartadas de los demás, mamá y Noa hablan. Y *Tuga* parece escucharlas.

—Al final ha acabado bastante bien, ¿verdad? –dice Noa.

—No del todo –dice mamá–. Has dicho un montón de mentiras y, además, tenemos que comprar un sofá nuevo.

—Lo siento –dice Noa, que lo siente de verdad.

—Está bien que lo sientas, pero no es suficiente. La mitad de lo que nos gastaríamos en tu regalo de cumpleaños nos la darás para el sofá nuevo.

Noa cree que su madre tiene razón, aunque le sabe
mal no tener el regalo que quería.

—Ya ves adónde te han llevado tus mentiras, ¿verdad?
—dice Minty, mientras observa como la madre de la niña
se acerca a Angelina.

Noa dice que sí con la cabeza, contenta por no sentir
más pellizcos en la barriga.

Actividades

Objetivo

El objetivo de *Te lo prometo* es aprender a ser fiel a la verdad y no decir mentiras.

¿Por qué no es bueno decir mentiras?

Ocultar la verdad e inventar mentiras es un comportamiento habitual en la infancia y también en personas adultas.

Mentimos en situaciones diversas: para evitar un enfrentamiento, un castigo o no reconocer que nos hemos equivocado, para captar o retener la atención de las personas... En el caso del cuento, Noa miente a sus padres porque quiere quedarse con el perro.

Debe hacerse entender a los niños y niñas que decir mentiras tiene consecuencias negativas. Por un lado, hacen que la gente no confíe en nosotros y deterioran las relaciones. Por otro, sólo llevan a otras mentiras y construyen un muro que nos aísla de la gente a la que queremos, y eso nos hace daño.

Es importante que los padres y madres sean un ejemplo de honestidad y no mientan a las criaturas ni a otras personas delante de ellas.

Para trabajar este cuento

Es importante leer el cuento a la criatura. Si se quiere (o se puede), vale la pena hacerlo cambiando la voz de los personajes y acompañarse de gestos.

A medida que avanzamos en la lectura del cuento, es necesario hacerle preguntas a la criatura para ver si entiende todo lo que se cuenta. ¿Qué hace Noa cuando encuentra al perrito y ve el collar? ¿Por qué entierra el collar? ¿Cuál es la primera mentira que dice? ¿Qué le dice Minty? ¿Cuál es la segunda mentira que dice? ¿Qué siente Noa cuando dice mentiras? ¿Qué hace el perrito cuando se queda solo en casa? ¿Dónde lo esconde Noa después de que haya destrozado el sofá? ¿Cómo convence Minty a Noa de que tiene que devolver el perrito a su dueña? ¿Qué hace mamá cuando sabe que Noa ha dicho tantas mentiras? ¿Qué le parece a Noa la decisión de su madre?

Otras actividades

Podéis hacer diferentes actividades en torno a la verdad, siempre en función de la edad de la criatura.

1. Describid las sensaciones que tenemos cuando contamos mentiras. ¿Tenemos la garganta seca? ¿Sentimos un pellizco en la barriga?

2. ¿Qué podemos hacer en vez de contar mentiras? Buscar juntos diferentes soluciones para Noa.

3. Preguntad a la criatura cómo se ha sentido cuando una persona en quien confiaba le ha dicho una mentira. ¿Qué sensaciones ha tenido cuando lo ha sabido? ¿Se ha puesto triste? Después, cuando esa persona le ha contado otra cosa, ¿ha pensado que tal vez estaba mintiendo otra vez?

DESTINO INFANTIL Y JUVENIL, 2014
infoinfantilyjuvenil@planeta.es
www.planetadelibrosinfantilyjuvenil.com
www.planetadelibros.com
Editado por Editorial Planeta, S. A.

© del texto: 2014, Gemma Lienas
www.gemmalienas.com
gemmalienas@gemmalienas.com
© de las ilustraciones: 2014, Àfrica Fanlo
© de la presente edición: 2014, Grup Editorial 62, s.l.u., Estrella Polar
Coproductores de la serie de dibujos animados: Inercia Films, Televisió de
Catalunya, La prod sur place, EveryView y Neo Render.
© Editorial Planeta S. A., 2014
Avda. Diagonal, 662-664, 08034 Barcelona

Adaptación de las ilustraciones: Eva Morales
Adaptación de las ilustraciones para la colección: Sandra Guirado

Maquetación: Pilar Sola
Primera edición: marzo de 2014
ISBN: 978-84-08-12505-1
Depósito legal: B. 2.675-2014
Impreso por Egedsa